SUR TERRE ET SUR MER

COMÉDIE EN UN ACTE, MÉLÉE DE CHANT

Par M. Léon BEAUVALLET

Représentée, pour la première fois, à Paris, sur le théâtre de l'Ambigu-Comique,
le 22 janvier 1854.

PRIX : 60 CENTIMES.

Paris

BECK, LIBRAIRE, RUE DES GRANDS-AUGUSTINS, 20

1854

SUR TERRE ET SUR MER

COMÉDIE EN UN ACTE, MÉLÉE DE CHANT,

Par M. Léon BEAUVALLET

Représentée, pour la première fois, à Paris, sur le théâtre de l'AMBIGU-COMIQUE,
le 22 Janvier 1854.

PERSONNAGES.	ACTEURS.
HECTOR (Déjazet)...................................	Mlles JEANNE-ANAÏS.
HÉLÈNE (ingénue)................................	MARIA REY.
NICOLAS (Deuxième comique)......................	M. CUREY.

La scène se passe en Bretagne, sous Louis XVI.

Le théâtre représente une terrasse plantée d'arbres. Ce décor occupe seulement les deux premiers plans, et laisse voir la mer et les falaises en perspective.

SCÈNE PREMIÈRE.

HÉLÈNE, seule.

(*Au lever du rideau, Hélène, en costume breton, assez élégant, est appuyée au fond, sur la balustrade, et écoute avec émotion le canon qui tonne au lointain.*) Ah! le navire qui est entré hier dans le port, va bientôt lever l'ancre! (*Quittant le fond.*) Un navire!.. Oh! rien qu'à ce mot, mon cœur bat avec une violence!.. Oh! la mer!.. ses émotions! ses périls! voilà ce qu'il m'eût fallu à moi!.. Mais quoi, l'on ne nous permet rien, à nous autres femmes!.. Oh! cela doit être si beau, pourtant.. Autour de soi, des vagues écumantes, un ciel sans horizon : l'espace, l'immensité!.. Oh! si j'étais homme!.. (*Avec tristesse.*) Mais, hélas! je ne suis qu'une femme, et c'est un bien vilain métier!.. (*Elle s'assied à droite, sur un banc de jardin, et forme un bouquet, tout en chantonnant un refrain breton :*)

Air nouveau de M. Marc Chautagne.

Hier, le vent du soir
Courbait les mélèzes,
Et j'ai, pour te voir,
Gravi les falaises !
Eh ! lan ! lan ! la ! lan ! lan ! la !
Mon âme, en ce jour,
Cueillit dans ton âme,
Cette fleur de flamme
Qu'on nomme l'amour.
Eh ! lan ! lan ! la ! lan ! laine !
Eh ! lan ! laine ! lan ! la !

L'amour!.. Ah! ce mot est pour moi une bien amère dérision!.. Ne suis-je pas condamnée à souffrir toute ma vie ici, dans cette vieille ferme de Bretagne?.. — Oui, oui, cela sera, cela doit être... (*Se levant vivement.*) car je le veux!.. Je veux que l'on sache enfin qu'il existe des femmes dont le lot n'est pas seulement l'obéissance et la faiblesse, et qui, à la tyrannie paternelle, ont la force d'opposer l'opiniâtreté et la résistance!.. (*Nicolas paraît par la gauche. — Costume de paysan breton.*) Ah! quelqu'un!

SCÈNE II.

HÉLÈNE, NICOLAS.

NICOLAS, à part. (*Patois breton très-prononcé.*) Alle est seule, soyons malin et sondons-la !

HÉLÈNE. Que voulez-vous?

NICOLAS. Oh! mon Dieu! un brimborion de rien du tout !

HÉLÈNE. Enfin !

NICOLAS, riant bêtement. Eh! eh! je voudrions ben savoir queuque chose sus votre compte, à seule fin de ne point l'ignorer. (*A part, d'un air satisfait.*) C'est déjà point bête, ça!

HÉLÈNE. Savoir quelque chose sur mon compte?

NICOLAS. Une misère, une toute petiote misère, quoi!.. Je voudrions seulement savoir qui que vous êtes, de là y-ousque vous venez, et pourquoi, depuis un an, vous habitez à la ferme du père Rouget? V'là tout ce que je vous demande.

Oh! je ne suis point curieux, moi. (*A part, très-content de lui.*) Comme c'est adroit!

HÉLÈNE. Monsieur Nicolas...

NICOLAS. Man'selle? (*A part.*) Elle a dit monsieur : ça va bien.

HÉLÈNE. Vous êtes un sot et un impudent.

NICOLAS. S'il vous plaît?

HÉLÈNE. Et, si vous vous permettez de me questionner encore, je vous fais chasser.

NICOLAS, *se redressant avec colère.* S'il vous plaît?.. Chasser!.. est-ce que je suis un chien, pour qu'on me chasse?.. J' suis un homme, moi, un vrai z'homme?

HÉLÈNE. Qu'est-ce à dire?

NICOLAS. Suffit, je m'entends : je ne suis plus un esclave, enfin. Voilà! eh!..

HÉLÈNE. Taisez-vous!.. N'oubliez pas que Jacques Rouget vous a ordonné de m'obéir, et que je suis votre maîtresse.

NICOLAS. S'il vous plaît?.. Ma maîtresse... Oh! que nenni, il n'y a plus de maîtresse, c'est mon opinion.

HÉLÈNE, *lui donnant un soufflet.* Insolent !

NICOLAS, *se frottant la joue.* C'est mon opinion!

HÉLÈNE, *levant la main.* Encore !

NICOLAS. Suffit, on se tait ! (*A part.*) Quelle rude tape pour une si petite main !..

HÉLÈNE. Vous dites?

NICOLAS. Moi?.. rien... Je pense que le temps est à l'orage, et que *la Boudeuse* a grand tort de quitter, à ce soir, les côtes de Saint-Malo.

HÉLÈNE, *tirant un livre de sa poche.* Laissons ce manant, et lisons. (*Ouvrant son livre.*) « A « compter de ce moment, La Peyrouse se mit à « parcourir les contrées du monde les plus loin- « taines et... » (*Elle s'arrête de lire, et dit en disparaissant :*) Oh! si j'étais homme!.. (*Elle sort par la gauche.*)

SCÈNE III.

NICOLAS, *seul!* Oui! oui, lisez, lisez!.. je lis aussi, moi, et c'est vous qui m'avez procuré cet agrément-là, mame not' maîtresse, comme vous dites! (*Tirant un livre de dessous sa veste.*) Quel biau petit livre, doré sur toutes les coutures, comme le bedeau de not' paroisse : ah! vous l'avez longtemps cherché, pas vrai?.. mais de ce banc où que vous l'aviez laissé, il est passé là, sur mon cœur!.. C'est tout de même diantrement chanceux que M. Tribérin, le magister de not' village, ait fait de moi un savant, car enfin, je sais lire l'imprimé, moi!.. (*Il lit.*) Le *Contrat social*, par J.-J. Rousseau! J.-J. Rousseau! En v'la z'un malin! Oh! oui, tu l'es, va!.. tu méritais d'être Breton, toi, foi de Nicolas!.. Dire qu'il y a six mois, avant d'avoir trouvé ce trésor-là, avant de savoir que tout le monde était égaux, que les domestiques étaient un peu plus que les maîtres, que les fils ne devaient rien à leurs pères, et une nuée de belles choses comme ça, enfin, dire que j'étais tout niaisement content de mon sort de garçon de ferme, que j'étais heureux, que je chantais du matin au soir, et que je rechantais, du soir au matin!.. allons donc!.. à c't' heure que j'ai lu ça...

Air : *Voilà comme tout s'arrange.*

Morgué, j' veux m' faire respecter;
Il faut que mon cœur se débonde ;
J' suis en rag' quand j'entends chanter,
J' suis jalouseux de tout le monde;
En ne faisant jamais de bien,
Ne travaillant point, voilà comme
En devenant un franc vaurien,
N'étant jamais content de rien,
Je prouverai que j' suis un homme,
Mais là c' qu'on appelle un vrai-z-homme.

(*Musique à l'orchestre pendant toute la fin de la scène.*)

UNE VOIX, *au dehors.* Au secours!.. au secours!

NICOLAS, *regardant vers la droite.* Hein! quoi! au secours!.. tiens, c'est un chasseur emporté par son cheval !

LA VOIX, *au dehors.* A moi!.. à moi!

NICOLAS, *tranquillement.* Pauvre bête!.. elle fait bien de s'emporter; autant vaudrait descendre une falaise à pic!.. (*Se mettant à rire.*) Oh!.. oh! quel drôle de cavalier!.. (*Plus calme.*) Il va se tuer, c'est sûr !

LA VOIX, *au dehors.* A l'aide! à l'aide! arrêtez le cheval! (*Grand bruit dans la coulisse de droite; forte à l'orchestre.*)

NICOLAS, *très-gai.* Là !.. patatra!.. le v'là z'à terre! oh! mais, quel drôle de cavalier ! (*Hector paraît par la droite. Il est en habit de chasse, couteau au côté, cravache à la main.*)

SCÈNE IV.

HECTOR, NICOLAS.

HECTOR, *entrant furieux.* Corbleu! morbleu! sacrebleu! mille sabords! (*Il tombe sur le banc de droite.*)

NICOLAS, *à lui-même.* C'est haut comme ma jambe et ça jure déjà comme père et mère! qué malheur !

HECTOR. Ne pouvais-tu donc venir à mon aide, triple idiot, et arrêter mon cheval qui menaçait de me lancer sur ces arbres, ignare, cuistre, imbécile! (*Il se lève et pousse un cri de douleur.*)

NICOLAS, *à part.* Est-il mal poli donc ce morveux-là !

HECTOR. Tu dis?

NICOLAS. Je dis que je suis un homme, moi, et que je ne secours personne ! (*Il remonte au fond, à droite, et regarde au dehors.*)

HECTOR, *passant à gauche*. En voilà un saüvage ! (*A lui-même.*) Diable d'oncle, va ! ces marins ont des idées à eux ! Conçoit-on cela ! débarquer à Saint-Malo !.. et pourquoi faire, je vous le demande ? pour courre un cerf sur les terres de son ami de Poncalec ! Je résiste ! mais quoi, c'est mon oncle et mon commandant ; j'obéis, je mets bas mon uniforme, je revêts cet affreux costume, et je monte ce déplorable animal ! j'en aurai des bleus, c'est sûr !

NICOLAS, *redescendant vers Hector*. Pauvre bête ! elle est déjà ben loin, allez !

HECTOR. Qu'elle aille au diable et qu'elle y reste !

NICOLAS, *riant bêtement*. Oh ! toutes les bêtes bretonnes ne sont point comme ça !

HECTOR, *le regardant en face*. Je le vois, tu es calme, toi !

NICOLAS. S'il vous plaît ?

HECTOR, *à lui-même*. Ah ! mon digne oncle, je vous revaudrai cela !.. me faire descendre, malgré moi, cette maudite colline, au risque de me casser le cou, c'est un peu trop fort !

NICOLAS, *le considérant en riant*. Quel drôle de cavalier ! ah ! ah ! ah !

HECTOR. De quoi ris-tu ?

NICOLAS. De la manière dont vous montiez à cheval ; y avait de quoi pouffer de rire, je vous en réponds !

HECTOR. Eh ! mais, tu es moins stupide que je ne pensais.

NICOLAS, *à part*. Il me flatte !

HECTOR. Depuis hier seulement, j'ai quitté mon navire, et je t'avoue...

NICOLAS. Ah ! vous êtes un marin, vous !.. un de ceux de *la Boudeuse*, peut-être bien ?

HECTOR. Positivement.

NICOLAS. Ah ! je conçois alors ! et vous n'avez rien de cassé, au reste ?

HECTOR. Non, merci, mon garçon, merci !

NICOLAS, *avec insistance*. Comment, là, rien du tout ?

HECTOR. Rien du tout !

NICOLAS, *avec chagrin*. Ah ! tant pis !

HECTOR, *riant*. Charmant enfant ! allons, bête brute, viens m'aider à réparer un peu le désordre de ma toilette, enlève la poussière de mes bottes ! (*Il s'assied sur une chaise de jardin, à gauche.*)

NICOLAS. Ah ! non, je suis point vot' domestique. (*Il veut s'éloigner, Hector, d'une main, le retient par sa veste, et de l'autre fait tournoyer sa cravache.*)

HECTOR. Tu vois bien cette cravache !

NICOLAS. Oui, et vous ?

HECTOR, *le tenant toujours et le menaçant*. Moi ? je la vois si bien que je vais t'en caresser l'échine !

NICOLAS. Ça ne prouvera point que je sôye vot' domestique !

HECTOR, *même jeu*. Non ; mais cela te fera répondre à mes questions.

NICOLAS. Vous croyez ça ?

HECTOR. C'est mon opinion !.. (*Il lève sa cravache.*)

NICOLAS, *vivement*. Ah ! c'est différent ! je respecte les opinions !

HECTOR, *le lâchant*. Où suis-je donc ici ?

NICOLAS, *de mauvaise humeur*. Dans une ferme.

HECTOR. Qui la dirige ?

NICOLAS. Le fermier.

HECTOR, *levant sa cravache avec menace*. Ah !

NICOLAS. Je réponds.

HECTOR. Qui est ce fermier ?

NICOLAS. Jacques Rouget.

HECTOR. Qui habite cette ferme ?

NICOLAS. Moi, Nicolas.

HECTOR. Joli nom !

NICOLAS. Je m'en vante.

HECTOR. Ensuite ?

NICOLAS. Jacques Rouget !

HECTOR. Après ?

NICOLAS. Il y a, avec ça, Jean et pis Lubin, et pis la grosse Thomasse, la promise à Ravigeot... et pis enfin, (*Riant en se grattant l'oreille.*) Opportune la blonde.

HECTOR. Oh ! oh ! tu rougis.

NICOLAS, *baissant les yeux*. Vous croyez ?

HECTOR. J'en suis sûr !

NICOLAS. Eh ben, c'est que la blonde et moi, l'autre soir, à la brune... (*Riant.*) C'est un mot d'esprit, ça !

HECTOR. Voyez-vous ça !

NICOLAS. Foi de Nicolas... Ravigeot y était... Il pourra vous le dire.

HECTOR. Oh ! je te crois !.. Et c'est là tout le personnel de cette ferme ?

NICOLAS. S'il vous plaît ?.. perso... quoi ?

HECTOR. Personnel !..

NICOLAS. Ah ! bon !.. je saisis !.. Oui, c'est là tout !.. Ah ! non, il y a encore...

HECTOR. Qui donc ?

NICOLAS. Une demoiselle !

HECTOR. Une demoiselle.

NICOLAS. Que je ne connais ni d'aigle ni des dents ; mais qui est ici depuis un an !

HECTOR, *à lui-même*. Depuis un an !.. Tiens, juste l'époque où mon oncle m'a fait entrer, de force, dans la marine française !.. (*Haut, à Nicolas.*) Et dis-moi, est-elle jeune ?

NICOLAS. Jeune ! je crois bien !.. Elle a tout au plus l'âge d'un âne, mort sept ans avant son terme.

HECTOR. Que diable me chantes-tu là avec ton âne mort ?

NICOLAS. Eh ben ! oui, quoi !.. Êtes-vous donc à ignorer qu'un âne vit vingt-cinq ans ?

HECTOR. Ma foi, j'avoue que je l'ignorais.

NICOLAS. Oh ! ces marins, ça ne connaît rien. Elle a dix-huit ans, là, si vous aimez mieux...

HECTOR. Dix-huit ans ! bravo ! Et est-elle jolie ?

NICOLAS. Oh ! pour ce qu'est d' ça...

Air des *Enfers de Paris* (Premier acte. — Nargeot).

> Ses yeux sont plus grands qu' sa figure,
>   Sans m' moquer !
> Ses deux petons sont, je vous l' jure,
>   A croquer !
> Sitôt qu'alle marche, on admire
>   Son maintien !
> Sa joue est plus fraich' que Zéphire
>   Foi d' chrétien !
> Bref, dans son genre, j'en conviens,
> Alle est encor mieux qu' moi dans l' mien !
> Oui, dans son genre, j'en conviens,
> Alle est un peu mieux qu' moi dans l' mien.

HECTOR, *riant.* Cette modestie t'honore ! Et qui reçoit-elle ?

NICOLAS. Oh ! pour ça, personne !.. C'est une justice à lui rendre !

HECTOR. Personne !.. Ah çà ! mais, elle doit s'ennuyer à périr, ici !

NICOLAS. Oh ! que nenni !

HECTOR. Comment ?

NICOLAS. Que nenni, vous dis-je ! Elle a une vraie adoration pour tout ce qu'est marin, mousse ou navire, et dame, elle y a la main, ici !..

HECTOR. Ah ! elle aime ?.. Pardieu, voilà qui est bizarre !

NICOLAS. Quand elle n'est point à la ferme, on est ben sûr de la trouver perchée sur le haut des falaises ; et une fois qu'elle est là ! il n'y a pas moyen de l'en arracher ! qu'il vente, qu'il tonne, qu'il grêle, ça n'y fait rien !

HECTOR, *à lui-même.* Ah ! les marins sont adorés d'elle ! (*A Nicolas.*) Et elle s'appelle ?..

NICOLAS. Ah ! pour ce qui est de ça, le diable le sait et le père Rouget ! N'y a qu'eux deux qui soyent dans le secret.

HECTOR. Ah ! morbleu, voici qui pique ma curiosité ! une aventure ! C'est ce que je cherche. (*A Nicolas.*) Mon garçon, écoute un peu ! Va trouver cette demoiselle, préviens-la de mon accident et annonce lui que je désire lui être présenté ! Allons, va.

NICOLAS, *passant à gauche.* Oh ! pour ça, non !

HECTOR. Tu recommences ?

NICOLAS. Je vous ai raconté tout ça, parce que le père Rouget m'avait défendu de le dire ; mais pour ce qui est de me déranger pour vous, jamais ! Je suis point votre domestique ! eh !..

HECTOR, *furieux.* Voilà qui est fort !

NICOLAS. C'est mon opinion !

HECTOR. Rustre, voici la mienne ! (*Il lui donne un coup de pied.*)

NICOLAS, *impassible.* Chacun la sienne ; mais c'est égal, je suis point vot' domestique ! Vot' serviteur, monsieur le marin ! (*Riant.*) Oh ! mais quel drôle de cavalier ! (*Il sort par la gauche.*)

SCÈNE V.

HECTOR, *seul.* Quelle grue que ce M. Nicolas ! Bast ! laissons cela ! une femme inconnue, a-t-il dit. C'est ravissant ! elle est belle, à ce qu'il paraît ; eh bien ! mais, je ne suis pas mal. Elle a dix-huit ans, j'en ai vingt ; et par-dessus tout elle aime les marins, nous devons parfaitement nous entendre. Enfin, je vais donc, une fois dans ma vie, être aimé pour moi-même !.. Parbleu ! ce n'est pas malheureux !

Air des *Filles de marbre* (Montaubry).

> D'honneur, en ce temps bizare,
> L'amour désintéressé
> Est un mot tellement rare,
> Qu'à peine est-il prononcé :
> Souvent sur mer et sur terre
> J'ai séduit mainte beauté,
> Et jamais, je suis sincère,
> Aucune n'a résisté !
> Non, vrai, sur mer et sur terre,
> Femme ne m'a résisté.
>   Pourtant,
>   Vraiment,
> Je dois dire à présent :
> Que près des brunes créoles,
> Des ladys au cœur aimant,
> Près des fières Espagnoles
> J'employais un talisman.
>   (*Il agite des pièces d'or.*)
> En entendant ce doux bruit-là
> Jamais femme ne résista.

Mais, Dieu merci, je n'aurai pas aujourd'hui, besoin de cet argument ridicule, et puisque je suis sûr de triompher, toutes voiles dehors, mille tempêtes ! et en route pour la découverte du Nouveau-Monde !.. (*Il fait quelques pas vers le fond et s'arrête.*) Oui, mais de quel côté ?.. (*Regardant vers la gauche.*) Eh ! pardieu, ou je me trompe fort, ou c'est le Nouveau-Monde lui-même qui vient à ma rencontre ! j'aime autant ça ! Le rustre avait raison, elle est jolie comme un ange ! (*Il reste au fond, Hélène paraît par le premier plan, lisant toujours et chantonnant machinalement le refrain de la première scène.*)

SCÈNE VI.

HECTOR, HÉLÈNE.

HÉLÈNE.

Air nouveau de *M. Marc Chautagne.*

> Si j'avais ton cœur,
> Je voudrais que l'onde

Portât mon bonheur
Aux confins du monde,
Eh ! lan ! lan ! la ! lan ! lan ! la !
Réponds à ton tour,
Et cueille en mon âme
Cette fleur de flamme
Qu'on nomme l'amour.
Eh ! lan ! lain ! la ! lan ! laine !
Eh ! lan ! laine ! lan ! la !

HECTOR, *à lui-même*. Elle a une très-gentille petite voix !

HÉLÈNE. Je ne sais en vérité pourquoi ce refrain revient à chaque instant sur mes lèvres !.. l'amour ! Ah ! ce mot n'est pas fait pour moi !.. non, je n'ai jamais été aimée, je ne le serai jamais !

HECTOR, *à part*. Le vent est propice ! (*Haut, en s'approchant d'Hélène qui recule effrayée*.) Vous vous trompez, charmante... adorable... (*A part*.) Comment diable peut-elle s'appeler ?

HÉLÈNE. Grand Dieu ! qui êtes-vous, Monsieur? Que me voulez-vous ?

HECTOR. Qui je suis? un homme qui brûle d'amour pour vous... Ce que je veux? vous prouver ce que j'avance. (*A part*.) C'est qu'elle est délicieuse, cette petite femme-là.

HÉLÈNE. Encore une fois, Monsieur...

HECTOR, *ne la laissant pas parler*. O la seule femme qui jamais ait fait battre mon cœur, si vous saviez combien j'ai souffert loin de vous, depuis un an que vous vous êtes exilée ici : car vous vous êtes exilée ici?

HÉLÈNE. Exilée! oui! oui ! vous l'avez dit !

HECTOR, *à part*. C'est toujours bon à savoir ! (*Haut*.) Aujourd'hui enfin, j'ai découvert votre retraite. Pour parvenir jusqu'à vous, j'ai risqué ma vie et j'en suis heureux !

HÉLÈNE. Que dites-vous ?

HECTOR. La vérité, Mademoiselle, l'exacte vérité ! (*A part*) J'ai le corps brisé, je suis tombé sur des cailloux !

HÉLÈNE. Mais où donc m'avez-vous vue, Monsieur?

HECTOR, *avec amertume*. Vous me le demandez, Mademoiselle ! (*A part*.) Elle ferait bien mieux de me l'apprendre.

HÉLÈNE. Répondez !

HECTOR. Eh bien, c'est à Paris ! (*A part*.) Ce doit être à Paris !

HÉLÈNE. A Paris?.. Je n'y fus jamais !

HECTOR, *à part*. Allons, bon, ça tombe bien. (*Haut*). Comment; mais je puis vous affirmer...

HÉLÈNE. Ah ! oui, oui, en effet, une seule fois.

HECTOR, *vivement*. C'est celle-là, Mademoiselle, c'est celle-là !

HÉLÈNE. A l'occasion d'une fête.

HECTOR. Celle de la reine.

HÉLÈNE. Non, vraiment, c'était la mienne !

HECTOR. Existe-t-il une autre reine pour moi?

HÉLÈNE, *à elle-même*. C'est qu'il est d'une ga-

lanterie charmante. (*Haut*.) Et vous dites que depuis ce jour?..

HECTOR. Depuis ce jour, c'est votre nom, votre nom seul que j'invoque dans mes nombreuses insomnies !

HÉLÈNE. Mon nom !

HECTOR, *à part*. Ah ! je donnerais bien quelque chose pour le savoir !

HÉLÈNE. Il serait possible !

HECTOR. Mais le ciel a pris pitié de moi, puisqu'après tant de longs jours passés dans la tristesse et dans l'incertitude, je puis vous revoir enfin et tomber à vos pieds ! (*Il tombe aux genoux d'Hélène, à part*.) Sacrebleu, voilà un costume bien gênant pour se mettre à genoux !

HÉLÈNE, *à part*. Oh ! j'en suis sûre, il m'aime, lui!... Mais je dois le fuir ! Il le faut !

HECTOR, *à part, en se levant et souriant avec fatuité*. Elle est prise !

HÉLÈNE, *avec solennité*. Monsieur!

HECTOR, *radieux*. Mademoiselle!

HÉLÈNE. Sortez !

HECTOR. Plaît-il?

HÉLÈNE, *saluant*. Monsieur! (*Elle descend à l'extrême droite*.)

HECTOR, *de même*. Mademoiselle! (*A lui-même*.) Je n'y suis plus du tout, moi ! (*Se tapant le front*.) Eh bien! si, au fait, j'y suis parfaitement! C'est la faute de cet attirail de chasse!.. Déclinons notre qualité de marin et elle va m'adorer !

HÉLÈNE. Eh bien ! Monsieur?..

HECTOR. Je pars! (*Appuyant sur les mots*.) Je vais regagner ma corvette que j'avais quittée pour vous, pour vous seule, ingrate !

HÉLÈNE, *vivement*. Que dites-vous, Monsieur? Quoi, vous êtes marin?

HECTOR, *à part*. Allons donc! Elle y vient! (*Haut*.) Je suis marin, Mademoiselle !

HÉLÈNE, *avec enthousiasme*. Marin ! Ah! voilà le vrai bonheur !

HECTOR, *avec chaleur*. Le seul bonheur! (*A part*.) dont je me serais fort bien passé pour mon compte.

HÉLÈNE. Et les tempêtes!.. Oh ! les tempêtes ! Vous en avez subi sans doute?

HECTOR, *à part*. Jamais! Dieu merci ! (*Haut*.) Si j'en ai subi?.. onze! toutes plus affreuses et plus belles les unes que les autres !

HÉLÈNE, *avec enthousiasme*. Le navire est en pleine mer. (*Elle passe à gauche*.)

HECTOR, *grossissant sa voix*. Le ciel se couvre de sombres nuages !

HÉLÈNE. Les éclairs brillent.

HECTOR, *de même*. La foudre éclate! les mâts se brisent.

HÉLÈNE. Les matelots vont et viennent épouvantés !

HECTOR. Seul, le capitaine est calme et tranquille!

HÉLÈNE. Le capitaine ! c'était vous ?

HECTOR, *à part.* Moi ? (*Il rit.*) Au fait, je veux bien ! (*Haut, avec aplomb.*) Moi-même.

HÉLÈNE, *avec admiration.* A votre âge ?

HECTOR. Il n'y a pas d'âge pour les braves ! (*Continuant avec animation.*) Une nuit profonde nous environne.

HÉLÈNE. Mais bientôt le calme renaît.

HECTOR. Le globe du soleil reparaît à l'horizon.

HÉLÈNE. Le navire est sauvé.

HECTOR. Il approche de côtes inconnues.

HÉLÈNE. Il met à l'ancre.

HECTOR. On aborde !

HÉLÈNE. On reconnaît le pays !

HECTOR, *lui serrant la taille.* On prend possession !

HÉLÈNE. Et le voyage est fini !

HECTOR, *l'embrassant.* Ça n'est pas plus difficile que ça ! (*A part.*) Achevons de l'électriser !.. (*Reprenant avec force.*) Et la guerre donc ! la guerre à bord.

HÉLÈNE. La guerre ?

HECTOR. Ce matin, l'on a signalé près des côtes un brick, monté par des pirates africains...

HÉLÈNE. Il y a des pirates sur les côtes ?

HECTOR, *à part.* Je n'en sais rien ; mais il pourrait y en avoir ! (*Haut.*) Ma corvette va les poursuivre !.. Oh ! je crois y être déjà ! on bat le rappel ! on ouvre la soute aux poudres ! Bien ! branle-bas général de combat ! Allons, sus ! à l'ennemi ! Alors, la corvette file, file comme une mouette amoureuse ! On est à portée de canon ! on cause !.. on approche !.. à l'abordage ! (*Il descend à gauche.*)

HÉLÈNE. L'abordage !

HECTOR. Oh ! quels cris ! quel tumulte ! Les deux navires, comme deux monstres fantastiques s'étreignent de leurs griffes de fer ! Le feu se communique à la sainte-barbe et alors...

Air des *Premières armes du Diable* (Couder).

Une explosion infernale,
   Retentit !
Des vergues jusques à la cale,
   Tout frémit !
Puis il se forme, en l'onde amère,
   Un volcan !
Volcan maudit dont le cratère
   Tout sanglant,
Lance au loin, dans les champs humides,
   Des débris,
Des cadavres pâles, livides,
   Et meurtris !
Spectacle fatal...
Le démon du mal
Préside au carnage !
Vite à l'abordage !
J'entends le signal,
Du combat naval !

ENSEMBLE.

Spectacle fatal, etc.

HECTOR, *à part.* Voilà de la poésie imitative, ou le diable m'emporte !

HÉLÈNE, *à part.* Noble jeune homme ! et ne pouvoir...

HECTOR, *à part, avec assurance.* Elle vient à moi !.. parfait !.. elle se rend !..

HÉLÈNE, *avec gravité.* Adieu, Monsieur ! combattez, mourez, s'il le faut !

HECTOR. Ah ! bah !..

HÉLÈNE. Mais soyez sûr que votre souvenir ne trouvera jamais place dans mon cœur, sans un profond sentiment d'estime et d'admiration.

HECTOR. Allons, décidément, elle est inexpugnable ; j'y renonce !

HÉLÈNE.

Air de *Robin des Bois.*

Partez, Monsieur, le devoir vous réclame.
Mourez !

    HECTOR, *à part.*
Ma foi, je n'y comprends plus rien.
    HÉLÈNE.
Adieu, Monsieur !

    HECTOR.
Allons, adieu, Madame.
  (*A part.*)
Peut-être encor reste-t-il un moyen !
    HÉLÈNE.
Qu'attendez-vous ?

    HECTOR.
Je pars.
    (*A part.*)
    En conscience,
Je ne saurais l'employer !
    HÉLÈNE.
    Qu'avez-vous ?
    HECTOR.
Rien ; mais je vois que partout, même en France,
Les femmes sont bien plus fortes que nous !

ENSEMBLE.

    HÉLÈNE.

Adieu, Monsieur, le devoir vous réclame,
Allez, mourez, et de cet entretien
Comme chez moi, dans le fond de votre âme,
Que désormais il ne reste plus rien.

    HECTOR.

Allons, adieu, le devoir me réclame,
Je pars ; mais vrai, je n'y comprends plus rien,
Pour la dernière fois, adieu, Madame.
  (*A part.*)
Je ne peux pas employer mon moyen.

  (*Il sort vivement par la droite.*)

SCÈNE VII.

HÉLÈNE, *seule.* Ah ! pourquoi ne m'est-il pas permis de répondre à son amour ?.. car c'est une de ces natures privilégiées, comme je les comprends, moi !.. Je suis fière, je suis heureuse de cet amour, et cependant... (*Elle s'assied à gauche, en réfléchissant.*)

wwwwwwwwwwwwwwwwwwwwwwwwwwwwwwwwwwwwwwww

SCÈNE VIII.

HÉLÈNE, NICOLAS.

NICOLAS, *à part, entrant par la gauche.* Tiens ! il n'est plus là!.. Ah çà, mais il pleut des marins ici. A ce matin, c'était un jeune; à ce soir, c'est un vieux!.. un vieux qui m'a mis un louis d'or dans la main, à seule fin que je tâche de savoir ce que c'te jeunesse-là pense du petit bonhomme arrivé ici tout à l'heure. Un louis d'or!.. c'est humiliant, mais j'ai accepté!.. Mam'selle!.. elle ne répond point!.. Mam'selle!.. elle dort..... Mam...

HÉLÈNE, *sortant de sa rêverie.* Que voulez-vous?

NICOLAS. Oh! rien ; je voulais seulement savoir si le marin ou le chasseur était encore là!

HÉLÈNE. Vous voyez bien que je suis seule!

NICOLAS, Seule! oui, à c't' heure; mais vous l'avez vu? et dame, j'aurais été ben aise de savoir ce que vous pensez de cet inconnu-là!

HÉLÈNE, *à part.* Ah!

NICOLAS, *à part.* Elle a soupiré!.. Il est aimable, est-ce pas, Mam'selle? (*Nouveau soupir.*) Elle a resoupiré! (*Haut.*) Il vous revient assez, pas vrai?..

HÉLÈNE. Laissez-moi !

NICOLAS. On s'en va!.. (*A part.*) En v'là zune qu'est point bavarde... c'est louche !

HÉLÈNE. Encore là !..

NICOLAS. On s'en va, que je dis, on s'en va! (*A part.*) C'est égal, je dirai au vieux qu'elle a soupiré deux fois : mon louis est gagné!.. Mais je relirai mon volume! il faut que je voie ce que J.-J. Rousseau pense des femmes qui ne parlent point!.. (*Il sort en ouvrant son livre.*)

wwwwwwwwwwwwwwwwwwwwwwwwwwwwwwwwwwwwww

SCÈNE IX.

HÉLÈNE, *seule ; elle marche avec agitation sur le devant de la scène.* Ah! j'ai beau me dire que j'ai bien et loyalement agi, je ne suis pas tranquille! car c'est moi qui serai cause de... Ah ! c'est affreux! c'est affreux! je ne le reverrai plus. (*Hector paraît par la droite.*)

wwwwwwwwwwwwwwwwwwwwwwwwwwwwwwwwwwwww

SCÈNE X.

HECTOR, HÉLÈNE.

HECTOR, *à part.* Elle se repent!.. j'en étais sûr!

HÉLÈNE. Au reste, il n'avait rien à espérer.

HECTOR, *à part, avec dépit.* Ah!

HÉLÈNE. Et je suis heureuse, bien heureuse qu'il soit parti !..

HECTOR, *s'avançant.* Eh bien! non, Mademoiselle, je ne suis pas parti, et, qui plus est, je ne partirai pas.

HÉLÈNE, *reculant à droite.* Grand Dieu!..

HECTOR. Rassurez-vous, et daignez m'accorder quelques minutes d'attention ! (*A part.*) Je suis un affreux coquin ; mais, ma foi, tant pis, elle est trop jolie ! (*Haut.*) Mademoiselle...

HÉLÈNE. Monsieur !..

HECTOR. En l'absence de nos grands parents, j'ai l'honneur de vous demander moi-même votre main ! (*A part.*) Ouf!..

HÉLÈNE. Ma main ! (*Pleurant.*) Ah ! je suis bien malheureuse.

HECTOR, *à part.* Comment! elle suffoque! (*Haut.*) Mais, Mademoiselle, je suis riche.

HÉLÈNE, *suffoquant.* Ah!

HECTOR, *à part.* Elle resuffoque!.. (*Haut.*) Mais je suis noble!

HÉLÈNE, *gémissant.* Ah! ah!..

HECTOR, *à part.* Elle reresuffoque! (*Haut.*) Mais je suis jeune, d'une physionomie agréable !..

HÉLÈNE, *éclatant en sanglots.* Ah! ah! ah!

HECTOR, *à part.* Ah! décidément, c'est un tic ! (*Haut.*) Pardon, Mademoiselle, mais je ne vois pas en quoi ma proposition peut vous affliger aussi vivement.

HÉLÈNE. Hélas! Monsieur!

HECTOR. Oui, hélas me paraît une bonne raison, mais elle n'est pas concluante!

HÉLÈNE. Oh! ne m'interrogez pas!..

HECTOR. Mon Dieu! je devine : vous êtes mariée?.. (*A part.*) Au fait, j'aime autant ça...

HÉLÈNE. Mariée, non, Monsieur!.. (*A part.*) Non... je puis le dire sans mentir!

HECTOR. Vous êtes demoiselle, alors, et rien ne s'oppose... (*A part.*) de son côté, du moins.

HÉLÈNE. Demoiselle, non, Monsieur.

HECTOR. Ah! j'y suis : vous êtes veuve, et le souvenir d'un époux adoré...

HÉLÈNE, *éclatant en sanglots.* Veuve! hélas! non, Monsieur!

HECTOR. Ah! permettez : ni fille, ni femme, ni veuve!..

HÉLÈNE. Non, Monsieur!

HECTOR. Ça devient pittoresque!

HÉLÈNE, *changeant de ton et venant vers Hector.* Tenez, Monsieur, vous avez l'air d'un brave jeune homme.

HECTOR. Brave comme Achille...

HÉLÈNE. Vous êtes bon ?..

HECTOR. Comme Titus!..

HÉLÈNE. Loyal?

HECTOR. Comme Salomon!

HÉLÈNE. Discret?

HECTOR, *d'un ton caverneux.* Comme la tombe.

HÉLÈNE. Eh bien, donc, écoutez !

HECTOR, *à part, riant.* Quel air tragique !

HÉLÈNE. Telle que vous me voyez, je suis la fille d'un marchand millionnaire !

HECTOR. Je ne vois pas là le motif d'une grande affliction.

HÉLÈNE. Mon père ne jouit pas d'un jugement parfaitement sain !

HECTOR, *à part.* L'amour filial ne l'aveugle pas. (*Haut.*) Ah ! il est un peu ?..

HÉLÈNE. Beaucoup, Monsieur, beaucoup ! et sa manie est de vouloir frayer avec la noblesse !.... En un mot, il fit si bien que, sans me consulter, mon union fut conclue avec...

HECTOR. O ciel ! vous êtes mariée !.. Ah ! Madame !...

HÉLÈNE. Non, Monsieur, je ne suis pas mariée !

HECTOR. Cependant, Mademoiselle !

HÉLÈNE, *très-animée.* Puis-je donner le nom de mon mari à un homme que je n'ai jamais voulu voir, que je ne verrai jamais !

HECTOR. Eh quoi, vraiment ?

HÉLÈNE. Vous m'y forcez, dis-je à mon père ; mais rien de commun entre cet époux et moi !.. aussitôt mariée, je pars pour la Bretagne !.. Mon père consentit à tout ; moi aussi ; et le lendemain...

HECTOR. Parbleu ! voilà qui est particulier, Mademoiselle !

HÉLÈNE. Monsieur !

HECTOR, *s'animant par degrés.* Plus je vous écoute, et plus je vois que le ciel nous a créés l'un pour l'autre.

HÉLÈNE. Que dites-vous ?

HECTOR. Vous n'êtes fille, ni femme, ni veuve ! je ne suis mari, veuf, ni garçon !.. on vous a mariée malgré vous... j'ai été marié malgré mes dents !..

HÉLÈNE. Est-il possible !

HECTOR. Tous deux, ennemis de la domination, nous avons juré de nous venger, et tous deux, nous l'avons fait par le même moyen !

HÉLÈNE. En vérité ?

HECTOR. Car moi, aussi, j'ai refusé de voir cette affreuse créature, qui, sans égard, avait conçu le projet d'escompter à son profit la moitié d'une existence, qui désormais doit vous être consacrée tout entière.

HÉLÈNE. Je ne vous comprends pas !

HECTOR, *très-exalté.* C'est égal ! je vous aime !..

HÉLÈNE. Mais...

HECTOR, *très-exalté.* Vous m'aimez !

HÉLÈNE. Monsieur !

HECTOR, *avec force.* Nous nous aimons, vous dis-je, nous ne nous quitterons plus.

HÉLÈNE. Que dites-vous ?

HECTOR, *avec force.* Je vous enlève !

HÉLÈNE. O ciel.

HECTOR, *se méprenant.* Au ciel ? non, pas si haut que ça ; mais nous irons dans des pays lointains, loin, loin, loin, le plus loin possible de nos époux respectifs.

HÉLÈNE. Qu'osez-vous dire ?.. êtes-vous libre, vous ?

HECTOR. Comme vous !

HÉLÈNE. Mais il m'a rendu ma liberté !

HECTOR. Eh bien, et à moi donc !

HÉLÈNE. Et cette lettre !.. (*Elle tire une lettre.*)

HECTOR, *de même.* Comment ! vous aussi ! c'est complet !.. (*Il lit.*) « Monsieur...

HÉLÈNE, *même jeu.* « Ma toute belle...

HECTOR. « Vous m'épousez, non par amour...

HÉLÈNE. « Ce n'est pas moi que vous aimez...

HECTOR. « Mais bien, par intérêt...

HÉLÈNE. « C'est ma noblesse...

HECTOR. « Vous devez donc comprendre facilement...

HÉLÈNE. « Vous devez donc aisément vous convaincre...

HECTOR, *appuyant sur les mots.* « Qu'il nous faut être étrangers l'un à l'autre...

HÉLÈNE, *de même.* « Que notre connaissance doit en rester là !

HECTOR, *de même.* « Adieu donc, Monsieur, et pour toujours...

HÉLÈNE, *de même.* « Tout à vous, ma charmante, et à jamais !

Ensemble.
> HECTOR.
> « Hélène Désorliez. »
> HÉLÈNE.
> « Hector de Langeais. »

HECTOR, *avec un cri.* Hector de Langeais, dites-vous ?

HÉLÈNE, *de même.* Hélène Désorliez ! mais alors c'est vous qui...

HECTOR. C'est vous que... ah ! ma femme !..

HÉLÈNE. Mon mari ! (*Moment de silence ; revenant vers lui.*) Et l'on m'avait dit que vous étiez laid ! quelle calomnie !

HECTOR. Et moi qui vous croyais... (*Vivement.*) Oh ! pas de blasphème !..

Air de l'*Échange* (Henri Reber).

HÉLÈNE, *avec amour.*
Mon petit mari !
HECTOR, *de même.*
Ma petite femme !
HÉLÈNE.
Combien, tous les deux, nous nous aimerons !
HECTOR.
A toi désormais ma vie et mon âme !
HÉLÈNE.
Ensemble toujours, toujours nous vivrons ;
HECTOR.
Toujours près de moi, n'est-ce pas, ma chère ?
HÉLÈNE.
Qui ? moi, te quitter, quand tu m'es rendu !
HECTOR.
C'est que nous avons, tous deux, fort à faire,

Pour réparer...

HÉLÈNE.

Quoi ?

HECTOR.

Mais le temps perdu !

ENSEMBLE.

Il faut réparer tout le temps perdu !

REPRISE.

HÉLÈNE.

Mon petit mari !

HECTOR.

Ma petite femme !

ENSEMBLE.

Combien tous les deux nous nous aimerons !
A toi désormais ma vie et mon âme !
Ensemble toujours, toujours nous vivrons !
(*Coup de canon.*)

HECTOR. Ah ! mon Dieu !

HÉLÈNE. Ciel ! le signal du combat, peut-être !..

HECTOR. Non, du départ !

HÉLÈNE. Je pars avec toi !

HECTOR. Les lois maritimes s'y opposent ! (*Second coup de canon.*) Déjà : adieu, Hélène !

HÉLÈNE. Que dis-tu ?

HECTOR. Il faut qu'au troisième coup de canon, je sois sur ma corvette ; sinon, je suis traduit devant le conseil de guerre !

HÉLÈNE. N'es-tu pas capitaine ?

HECTOR, *à part.* Aïe ! (*Haut.*) Ai-je dit capitaine !

HÉLÈNE. Sans doute !

HECTOR. C'est une erreur, je ne porte encore que les épaulettes de lieutenant ! Adieu, Hélène ! adieu !

HÉLÈNE, *le retenant.* Mais nous sommes mariés, Monsieur !

HECTOR. Mais je suis marin, Madame, et mon oncle ne plaisante pas avec la discipline !

HÉLÈNE. Hector !..

HECTOR. Je ne t'oublierai jamais, mais tu comprends ; le conseil de guerre !..

HÉLÈNE. Ah ! j'en mourrai !

HECTOR, *troisième coup de canon, abasourdi.* Ah ! je suis mort ! (*Revenant à lui et très-gaiement.*) Ah ! bah ! tant pis ! au fait ; on peut bien payer de sa vie, un semblable moment de plaisir !

HÉLÈNE. Oui, nous mourrons tous deux ; c'est ça ! (*Nicolas paraît par la gauche.*)

SCÈNE XI.

LES MÊMES, NICOLAS.

NICOLAS. Monsieur le vicomte Hector de Langeais !

HECTOR. Mon nom !

NICOLAS. Votre nom !.. en ce cas, voici pour vous ! (*Il lui remet une dépêche.*)

HECTOR. Une dépêche du bord !

NICOLAS. J'ai bien voulu m'en charger, à seule fin de savoir qui vous étiez !

HÉLÈNE. Je tremble !

HECTOR, *ouvrant lentement la dépêche.* Ma citation au conseil de guerre ! (*Il lit.*) « Comme « c'est uniquement à ton intention, que nous « avons relâché à Saint-Malo, j'espère que tu ne « m'en voudras pas si *la Boudeuse* quitte les côtes « sans toi... Je sais que mes manœuvres ont réussi « à te faire faire la connaissance de ta femme, « dont je n'ignorais pas les goûts quelque peu « maritimes. Ton père m'avait tout dit avant que, « le jour de ton départ, je t'eusse, malgré toi, en- « gagé à mon bord. Adieu, embrasse pour moi « ma charmante nièce, en attendant mieux ! Ton « oncle et ton commandant : JULIAN DE SAINT- « ANGE. » Ah ! mon bon oncle ! que je l'aime !

HÉLÈNE. Et moi donc ! (*On entend une cloche.*)

HECTOR. Quel est ce bruit ?

NICOLAS. Pardine, c'est la cloche du souper !

HECTOR, *à Nicolas.* Allons, drôle, cours en avant, et annonce à Jacques Rouget que le vicomte et la vicomtesse de Langeais souperont ce soir au château.

NICOLAS. Ah ! non, Monsieur ! Je ne suis point votre domestique.

HECTOR, *voulant le frapper.* Impudent !

HÉLÈNE, *l'arrêtant.* Oh ! un jour de noces !

HECTOR. C'est juste ! (*Il lui jette une bourse.*) Tiens !

NICOLAS, *devenant très-poli, et ôtant son bonnet.* Une bourse pleine d'or ! Ah ! c'est différent ! Je suis votre domestique ! J.-J. Rousseau doit permettre ça !

HECTOR, *au public.*

Air des *Canotiers* (Étudiants. — Artus).

Je reste enfin sur terre,
C'est là qu'est mon bonheur !
Au diable l'onde amère,
Les flots et leur fureur !
Mais ce serait dommage,
Que, par un coup du sort,
Ma barque fît naufrage
En arrivant au port !
    Et d'abord,
Que là-bas, de la rive,
En traversant les flots,
La gaîté nous arrive,
Au bruit de vos bravos !..

TOUS.

Que là-bas, de la rive,
En traversant les flots,
La gaîté nous arrive,
Au bruit de vos bravos !

FIN.

EN VENTE CHEZ LE MÊME ÉDITEUR :

SUITE DU CATALOGUE.

Les trois Racan. 60
Les Sociétés secrètes. 60
Le Chevalier de Servigny. 60
C'en était un. 60
Les trois Dondon 60
Giralda. »
La première chanson de Gallet 60
Méphistophélès. 60
L'Alchimiste. 60
Le père Nourricier. 60
Grassot embêté par Ravel. 60
La Société du Doigt dans l'OEil. 60
L'Hôtesse de Saint-Eloy. 60
La Fille bien gardée. 60
Le Jour et la Nuit. 60
Plaisir et Charité. 60
Marié au second Garçon au cinquième. 60
Un Bal en robe de chambre 60
Né Coiffé. 60
Le Ménage de Rigolette. 60
Le Pont Cassé. 60
Un Valet sans Livrée. 60
Le Paysan. 60
Charles le Téméraire. 60
L'Anneau de Salomon. 60
Supplice de Tantale. 60
Les Infidélités Conjugales. 60
Les Petits Moyens. 60
Les Escargots sympathiques. 60
La Grenouille du Régiment 60
Les Tentations d'Antoinette. 60
La baronne Bergamotte. 60
Les Extases de M. Hochenez. 60
Le Journal pour rire. 60
Le Renard et les Raisins. 60
La Belle au Bois dormant. 60
La Course aux Pommes d'Or. 60
Christian et Marguerite. 60
L'Avocat Loubet. 60
Royal-Tambour. 60
Mam'zelle fait ses dents. 60
Le vol à la Roulade. 60
La Fée Cocotte 60
Mon ami Babolin. 60
Le Palais de Cristal. 60
Passiflor et Cœur. 60
Le Duel au Baiser. 60
Les Trois Ages des Variétés. 60
English Exhibition. 60
Blondette. 60
Histoire d'une Rose et d'un Croquemort. 60
L'Agent secret. 60
Drinn-Drinn. 60
Une Paire de Frères. 60
Les Giboulées. 60
Un Monsieur qui n'a pas d'habit. 60
Mignon. 60
La Chasse aux Grisettes. 60
Voilà plaisir, Mesdames! 60
La Vénus à la Fraise. 60
Les deux Prud'hommes. 60
M. Barbe-Bleue. 60
Une Queue Rouge. 60
Le Pour et le Contre. 60
Le Puits mitoyen. 60
Trois Amours de Pompiers. 60
Les Bloomeristes ou la réforme des Jupons. 60
Le Laquais d'un nègre. 60
Les Danseuses espagnoles. 60
Madame Schlick. 60
Le Prince Ajax. 60
Les Enfants de la Balle. 60
L'Ami de la maison. 60
La Marquise de La Bretêche. 60
Une Veuve de 15 ans. 60
Une passion à la Vanille. 60
Un service à Blanchard. 60
L'Original et la Copie. 60

Une rivière dans le dos. 60
Cinq Gaillards dont deux Gaillardes. 60
Un Frère terrible. 60
Une Vengeance. 60
Une petite Fille de la Grande Armée. 60
La Fille d'Hoffmann. 60
Un soufflet n'est jamais perdu. 60
Les Femmes de Gavarni »
La Maîtresse d'été et la Maîtresse d'hiver. 60
Les Echelons du mari. 60
Les Néréides et les Cyclopes. 60
Poste restante. 60
Le Portier de sa Maison. 60
Les Compagnons d'Ulysse. 60
Le Roi des Drôles. 60
La Mère Moreau. 60
La Queue du Diable. 60
Le Bal de la Halle. 60
Méridien. 60
La première Maîtresse. 60
La Jolie Meunière. 60
La tante Ursule. 60
Mademoiselle de Navailles. 60
Prunes et Chinois. 60
Histoire d'une Femme mariée. 60
Les Mystères d'Udolphe. 60
Une Poule Mouillée. 60
Sullivan. »
Taconnet. 60
Alice ou l'Ange du Foyer. 60
Marco Spada. 60
Tabarin. 60
Les Abeilles et les Violettes. 60
Le Lutin de la Vallée. 60
Le Baromètre des Amours. 60
Habitez donc votre immeuble! 60
Le Miroir. 60
Richelieu. »
On dira des bêtises. 60
Le Carnaval des Maris. 60
Un Festival. 60
Une jolie Jambe. 60
Le Voyage d'une Epingle. 60
Les Amours du Diable. 60
Les Postillons de l'Amour. 60
Les Orientales. 60
L'amour, qué qu' c'est que ça? 60
La Vie à bon marché. 60
La Lettre au bon Dieu. 60
L'ombre d'Argentine. 60
Faute de mieux. »
Cadet-Roussel, Dumollet, Gribouille et Cie. 60
Fraîchement débarqué. 60
Sir John Falstaff. »
Les Aides de camp du Général. 60
La Bataille de la vie. 60
Mêlez-vous de vos affaires. 60
Les Moustaches grises. 60
Les Vins de France. 60
La Dame aux OEillets blancs. 60
Les Trois Gamins. 60
La Peine du Talion. 60
L'Esprit Frappeur ou les sept Merveilles du Jour. 60
Le Mari par intérim. 60
Un Cerveau fêlé. 60
La Queue de la Comète. 60

LAGNY. — Imprimerie de VIALAT et Cie.